СЛАВА БРОДСКИЙ

БУДНИ И ВАХТЫ

Slava Brodsky
Daily Routine and Labor Watch

Manhattan Academia

Слава Бродский
Будни и вахты

Slava Brodsky
Daily Routine and Labor Watch

Manhattan Academia, 2023
www.manhattanacademia.com
mail@manhattanacademia.com
ISBN: 978-1-936581-28-3

Содержание

Предисловие

Когда я жил в России, я собирал вырезки из советских газет. Я полагал, что такие вырезки, если делать их день за днем по поводу каких-то отдельных событий, будут достаточно познавательны. Для кого я их собирал? Сейчас мне уже трудно ответить на этот вопрос. Вероятно, я считал тогда, что не все мои друзья и близкие смогут охватить цельную картину в круговороте повседневных событий и мои вырезки помогут им в этом. Но, возможно, я делал это для самого себя, полагая, что собрание таких вырезок сможет обострить мое восприятие происходящего.

В процессе этих занятий я сталкивался со многими поразительными для меня моментами. Так, я с удивлением наблюдал, как советские газетчики приходили к заранее сформулированному целевому утверждению с использованием целого арсенала советских штампов. К тому же делали они это крайне непоследовательно: то, что сообщалось в газете сегодня, могло сильно отличаться от того, что было напечатано какое-то время назад. Причем это время не обязательно измерялось годами. Это мог быть месяц, неделя и даже один день. Все это казалось мне удивительным, конечно, по молодости. Сейчас мне это удивительным не кажется. Но тогда, давно, я был так настроен, и это, наверное, укрепляло мое желание собирать газетные вырезки.

Сейчас я не очень уверен, что тогда вполне осознавал, что Советы будут держать в секрете все старые газеты. Но такое подозрение у меня все-таки возникало. И это тоже приводило меня к мысли, что собирать и сохранять вырезки из советских газет будет полезно.

Начал я собирать газетные вырезки во время процесса 1966 года над Синявским и Даниэлем. И даже незадолго до начала процесса. Мы все гадали тогда, не будет ли возврата к старым временам. Уж слишком сурово обрушилась вся советская система на двух писателей, которые, как мне казалось, не заслуживали такого пристального к себе внимания. Пресса набросилась на них еще до суда. А атака на них в течение всего процесса стала напоминать времена не столь далекого прошлого. И газетные заголовки типа «Здесь царит закон» в дни процесса не предвещали ничего хорошего.

Синявского и Даниэля приговорили к длительным срокам заключения фактически за то, что они решились опубликовать свои произведения в иностранных изданиях. Но даже после того, как судебные заседания закончились, советская пресса не оставляла их без внимания. В это время отличился Шолохов. Решение суда показалось ему слишком мягким. И, выступая на большевицком съезде, он сказал: «Попадись эти молодчики с черной совестью в памятные 20-е годы, когда судили, не опираясь на строго разграниченные статьи уголовного кодекса, а руководствуясь революционным правосознанием... Ох, не ту бы меру наказания получили бы эти оборотни!»

Выступления Шолохова всегда отличались большой резкостью, порой превосходящей даже резкость высказываний советских вождей. И понятно, почему. Ведь ему надо было отрабатывать привилегию, которой его удостоили большевики, утвердив автором «Тихого Дона». В результате Шолохов добился еще одной привилегии:

его слова о Синявском и Даниэле на съезде попали в мою коллекцию вырезок.

Я наклеивал газетные вырезки в самодельные альбомы из больших листов, формат которых был в два раза больше обычных машинописных листов.

Откуда у меня были такие большие листы бумаги? Ведь в магазинах бумага для машинописи не продавалась. По крайней мере, я за всю свою жизнь в советской России ни разу такую бумагу в магазинах не видел. Лишь однажды, в канцелярском магазине на Садовом кольце, недалеко от Зубовской площади, я наткнулся на бумагу двойного формата.

Бумага эта была ужасного качества. Она была не белой, а серовато-желтоватой, при этом не гладкой, а довольно шероховатой, с какими-то посторонними вкраплениями. Но для создания альбомов с вырезками из газет она подходила идеально.

Купил я ее, правда, не для этой цели, а для того, чтобы печатать на машинке всякие научные статьи. Я тогда был сильно этим увлечен. И даже купил машинку «Эрика», прославленную (помните?) Галичем. Я купил ее, чтобы можно было печатать статьи не только на работе, но и дома, по вечерам и в выходные дни. При покупке «Эрики» отпечатки моих пальцев гэбэшники не сделали, но копии моего паспорта, соединенные со шрифтовыми отпечатками, они, конечно, у себя в моем досье сохранили и даже не скрывали этого от меня. А возможно даже, что не скрывали этого намеренно.

В качестве материала для альбомов с вырезками бумага пошла в дело сразу же. А вот для того, чтобы пустить ее в ход для печатания статей, мне пришлось изрядно помучиться. Поначалу я думал, что найду кого-то, кто сможет разрезать пополам эту здоровую кипу бумаги на каком-нибудь подходящем для этой цели станке. Но это оказалось не таким простым делом. Гораздо проще было бы утащить бумагу с работы. На работе, как правило, бумага для машинописи была у всех. И если кому-то она была нужна дома, то ее приносили с работы. Никто никогда не считал это воровством. К этому все привыкли. Причем привыкли до такой степени, что стали приносить домой с работы даже то, что в магазинах продавалось. И это тоже не считалось воровством. Но я все-таки добил этот свой проект с разрезанием бумаги – и обеспечил себя запасом на все время пребывания в Союзе.

Следующий мой альбом был с вырезками из газет периода Шестидневной войны 1967 года. Конечно, все, что писали тогда советские газеты об этих событиях, ни с какого бока не отвечало действительности. Но что меня тогда поражало – это как быстро одна советская выдумка сменялась другой, полностью противоположной предыдущей. Или, по крайней мере, существенно от нее отличающейся. Поражало, как резко менялся газетный тон Советов ото дня ко дню. Менялся он, конечно, не по доброй воле газетчиков или тех, кто руководил их действиями. Он менялся под давлением фактов, быстро просачивающихся даже в такую закрытую страну, как Советский Союз.

До начала Шестидневной войны советские газеты пестрели заголовками типа «Каир спокоен, но бдителен». И потом, в самые первые дни войны, говорилось о колоссальных потерях Израиля. Советские газеты писали, что израильской авиации больше не существует и что армия Израиля полностью разбита. Через несколько дней, когда всем и каждому было известно, что это неправда, советские газеты вроде бы уже признавали тот факт, что

Египет и его союзники потерпели сокрушительное поражение. Однако объясняли они это тем, что нападение Израиля было неожиданным. Правда, почти в то же самое время они писали, что Египет ожидал израильского удара, но поскольку этот удар был нанесен не с самого раннего утра, то египетские летчики расслабились и пошли завтракать. Поэтому, мол, не успели даже взлететь.

Мои близкие поругивали меня за изготовление альбомов с вырезками из газет. Они говорили, что зря я это делаю. И если кто-то увидит мои альбомы, ему сразу будет понятно, как я настроен и какое у меня отношение к Советам. На это я отвечал – мне кажется, резонно, – что показываю альбомы только своим близким и поэтому не вижу никакой опасности в их изготовлении и хранении. В ответ я слышал возражение – а вдруг, ко мне придут с обыском, и тогда эти альбомы, конечно, найдут, и уж тогда меня точно посадят за антисоветскую агитацию и пропаганду. На что я отвечал – тоже, мне кажется, резонно, – что если ко мне придут с обыском, то тогда уже совершенно не будет иметь никакого значения, найдут у меня эти альбомы или нет.

И еще мои близкие говорили, что не видят особого смысла в собирании вырезок, поскольку всегда можно (и даже гораздо лучше) прочитать все это непосредственно в советских газетах. В этом, как я потом уже понял со всей определенностью, они тоже были неправы. Я имел возможность убедиться, что все советские газеты, даже сравнительно недавние, держались Советами под крепким замком. И ни в какой библиотеке получить их было невозможно.

Помню, как я пытался получить в библиотеке газету «Правда» за 1945 год. Мне было интересно узнать, как реагировали Советы на первую атомную бомбу, сброшенную на Хиросиму. И еще я хотел почитать февральские и мартовские номера «Правды» за 1953 год. Я попытался заказать «Правду» в самой большой библиотеке страны. Она располагалась в центре Москвы и, конечно, называлась именем первого большевицкого лидера. Заказ у меня приняли. Но велели прийти за ним через несколько дней.

Через несколько дней мне сказали, что старые газеты выдаются только ученым, которым они нужны для исследований. На что я заявил, что я и есть ученый и что газеты мне нужны для моих исследований. И дальше пошла какая-то совершенно иррациональная мутотень. Сначала у меня затребовали все мои дипломы. Потом затребовали справку с места работы. Эту справку добыть было, конечно, гораздо труднее, чем собрать мои дипломы. Но мне все-таки удалось усыпить бдительность моих кадровиков-гэбэшников, и справка о том, что мне для работы нужны книги, журналы и газеты, была мне выдана. Я понимал, конечно, что эта справка была в большой степени липовой. Но все-таки решил продолжать осаду. Я вел ее в течение долгих месяцев. Однако гэбэшники победили. И ни одна из затребованных мною газет никогда не была мне выдана.

Примерно через полвека после этого я пытался найти копии «Правды» в Америке. Начал, естественно, с одной из самых больших (и одновременно близкой ко мне географически) библиотек – *New York Public Library*. Но результатов не было никаких. Наверное, эта старая советская газета не представлялась никому в достаточной степени важной для того, чтобы хранить ее экземпляры или даже копии. А может быть, гэбэшники наложили свою лапу на это дело и тут.

«Правду» за 1945 год я нашел в свободном доступе на интернете. И, наконец, прояснил для себя то, что очень давно хотел прояснить. Оказалось, однако, что 45-й был единственным годом в таком роде: подшивки «Правды» за другие годы найти было гораздо труднее.

Уже совсем недавно я попросил сотрудников библиотеки в *Boynton Beach (Florida)* провести поиск по библиотекам Америки, чтобы найти нужные мне номера газет. Они приняли мой заказ. Но через неделю сообщили, что их усилия ни к чему не привели. Тогда мне пришлось такой поиск сделать самому. И я нашел одно место, где газета «Правда» была, пожалуй, чуть ли не за любое число. Это была библиотека университета Северной Каролины – *Davis Library (University of North Carolina at Chapel Hill)*. Хотя, чтобы посмотреть какой-то выпуск газеты, надо было поехать в Северную Каролину. Но один очень любезный сотрудник библиотеки прислал мне копии некоторых выбранных мной страниц за интересующие меня годы.

В России я собирал вырезки довольно продолжительное время. За альбомом Шестидневной войны последовали и другие альбомы. Один из них был посвящен штампам в заголовках советских газет. Одним из таких штампов было использование слова «будни» практически по любому поводу. Ну, скажем, какой-то свекловод вырастил сколько-то тонн свеклы. С одной стороны, это считалось почти геройством. А с другой стороны, считалось, что на такое геройство способны и другие свекловоды. И не только способны, но и действительно выращивают огромное количество свеклы. Поэтому к такому геройству надо относиться как к делу будничному. И, значит, если свекловод геройски вырастил громадную кучу свеклы, это будет называться буднями свекловода. А если какой-нибудь ученый придумал что-то такое хорошее, то это, естественно, будет называться буднями науки. И если пограничники, используя все свои военные навыки и необычайную смекалку, поймали на границе двух шпионов, то это будет называться буднями пограничников.

И вот эти будни хлеборобов, геологов, милиционеров, гимнастов, гаишников – и вообще все такие будни – я решил собирать. Я, правда, не стал изготовлять для этой цели альбомы с двойными страницами. Я ведь не думал, что мне потребуется много места для моих будней. Поэтому взял для этой цели обычную школьную тетрадку в клеточку и стал наклеивать туда заголовки со словом «будни».

Вскоре, однако, я решил присоединить к «будням» еще один советский штамп – слово «вахты». Таких заголовков в советских газетах тоже было довольно много. Все обязательно не просто работали, а вставали на вахту. Конечно, моряки, пограничники – они обязательно должны были встать на вахту. Но на вахту в советских газетах вставали все подряд: и ученые, и хлеборобы, и космонавты, и металлурги, и железнодорожники, и даже шоферы.

И вот я стал наклеивать в свою тетрадочку с одной стороны «будни», а с другой стороны – «вахты». Я полагал, что вот так они будут идти навстречу друг другу. А когда они встретятся, тогда моя работа будет считаться законченной.

И еще я подумывал – а может ли случиться, что мне попадется заголовок, в котором какой-то из этих двух штампов встретится дважды. Я не очень на это рассчитывал. Но однажды это случилось. Просматривая какую-то газету, я увидел заголовок «С ВАХТЫ НА ВАХТУ». И я был очень этим доволен. Я бы даже сказал, что был более чем доволен. Потому что сканирование газет с целью найти какие-нибудь «будни» или «вахты» хотя и не занимало у меня много времени, но все-таки постепенно превратилось в какую-то почти обязательную рутину. И я, можно сказать, по-детски радовался каждой новой удаче. А когда мне попался заголовок «С ВАХТЫ НА ВАХТУ», я обрадовался не на шутку и делился со всеми своими близкими этой несомненной жизненной удачей.

И я уже размечтался о том, чтобы мне попался заголовок, в котором встретилось бы два раза слово «будни». Я даже начал представлять себе, что это может быть за заголовок. Ну что-нибудь, думал я, типа «Будни учебы и будни труда» или «Будни разбрасывания камней и будни их собирания». Но заголовок с двумя «буднями» мне так никогда и не попался.

Однако удача пришла с той стороны, с какой я ее и не ждал. Однажды я открыл какую-то газету, и прямо в глаза мне выстрелил заголовок «БУДНИ КОСМИЧЕСКОЙ ВАХТЫ». «Будни» и «вахты» встретились в одном заголовке! Ценность этого заголовка представлялась мне тогда даже на порядок выше, чем заголовка «С ВАХТЫ НА ВАХТУ». Эти два заголовка, несомненно, стали украшением моей коллекции (если, конечно, можно так назвать мою школьную тетрадку в клетку).

В 1991 году я улетал в Америку. Полагая, что билет на обратный рейс повышает мои шансы на то, что меня выпустят из России, я купил такой билет, хотя возвращаться в Россию не собирался. Поэтому мне надо было бы все важное взять с собой. Однако у меня было не очень много времени на сборы, поэтому я не очень вдумчиво отнесся к тому, что брать в Америку. И, естественно, мои альбомы с вырезками из советских газет в мой отъездной чемодан не попали. Вспомнил я про них только через несколько лет, когда в Америку полетела моя дочь Аня. Просить ее привезти мне все эти здоровенные альбомы с двойными листами я не стал. Ну а школьную тетрадку в клетку она мне все-таки привезла. И вот теперь это дает мне возможность ознакомить с ней моих читателей.

Я размещаю здесь все вырезки так, как они расположены в моей тетрадке: на левой, четной странице я размещаю левую страницу тетрадки, на правой, нечетной – правую страницу тетрадки. В моей тетрадке заголовки, если они не помещаются на левой стороне, переходят на правую сторону. А поскольку никакого пробела в тетрадке между левой и правой страницами нет, заголовки там читаются легко. Здесь же, по причинам сугубо типографским, нельзя было обойтись без пробелов между четными и нечетными страницами. Поэтому некоторые газетные заголовки этими пробелами разрываются, что немного осложняет их прочтение. Но я думаю, что читатели – народ сообразительный и эту трудность легко преодолеют, а мне это неудобство, конечно же, простят. За что я их заранее благодарю.

Слава Бродский
Gouldsboro, PA
29 августа 2023 года

БУДНИ

Клуб: будни и праздники

БУДНИ СТАЛЬНОЙ ЭСТАФЕТЫ

ФЛОТСКИЕ БУДНИ

ТРЕВОЖНЫЕ БУДНИ ОЛЬСТЕРА.

ОЛЬСТЕР: БУДНИ ТЕРРОРА

ТВОРЧЕСКИЕ БУДНИ

ТРУДОВЫЕ БУДНИ СВЕКЛОВОДОВ

БУДНИ «СВОБОДНОГО МИРА»

БУДНИ ОСТРОВА СВОБОДЫ

БУДНИ ГРАНИЦЫ

ПАРТИЙНЫЕ
БУДНИ

БОЕВЫЕ БУДНИ

ТРЕВОЖНЫЕ БУДНИ ВЬЕТНАМА

МИРНЫЕ БУДНИ
ПНОМПЕНЯ

БОЕВЫЕ БУДНИ ДРВ

БУДНИ АРМЕЙСКИЕ

БУДНИ ПЯТИЛЕТКИ

ТРУДОВЫЕ
БУДНИ

БУДНИ
ФЕСТИВАЛЯ

БУДНИ
ПОГРАНИЧНИКОВ

БУДНИ ОДНОЙ
ЗАСТАВЫ

РАБОЧИЕ
БУДНИ

спортивные   будни Хибин

БУДНИ МИЛИЦИИ

БУДНИ СОВЕТСКОЙ МИЛИЦИИ

«САЛЮТ-4»:
БУДНИ ПОЛЕТА

Зимние будни

БУДНИ   ГИМНАСТКИ.

БУДНИ МИЛИЦИИ

БУДНИ РАЙОННОГО

КАНАДСКИЕ

**БУДНИ
ПО ПРАЗДНИКАМ**

БУДНИ

Будни инспектора ГАИ

**РАБОЧИЕ
БУДНИ
В КОСМОСЕ**

Будни космической вахты

Трудовые будни

АСУАНСКИЕ

БУДНИ

Героика

СОВЕТА

Романтика будничных дел

ГОРЯЧИЕ БУДНИ

БУДНИ

У ПОЛЮСОВ

НА ОРБИТЕ — РАБОЧИЕ БУДНИ

Сомали

БУДНИ

ДАКАРА

будней

Романтика
будничных дел

«ЗОЛОТЫЕ» БУДНИ

Горячие будни страды

ТРУДНЫЕ БУДНИ ГАЗЛИ

ГОРЯЧИЕ БУДНИ

«Салют-6» — «Союз-27» — «Про

КОСМИЧЕСКО

БУДНИ БАМА

БУДНИ

«СВОБОД-

НОГО

МИРА»

Тревожные будни Пакистана

РОМАНТИКА БУДНИЧНЫХ ДЕЛ

Будни БАМа, праздники БАМа

БУДНИ И ПРАЗДНИКИ
БРАТЬЕВ СЕМЕНОВЫХ

БУДНИ СЕВЕРА

гресс-1»: БУДНИ
ОГО ПОЛЕТА

ЗАКОНЫ
ТВОРЧЕСТВА
И БУДНИ НАУКИ

БУДНИ ГЕОЛОГОВ

БРИГАДНЫЙ
ПОДРЯД
В БУДНИЧНОМ
НАРЯДЕ

● БУДНИ МИЛИЦИИ

Героика

БУДНИ ШКОЛЬНОГО КЛУБА

«САЛЮТ-6»: БУДНИ ПОЛЕТА

БУДНИ ДРЕВНЕГО

РАЙОННЫЕ БУД

ТРУДНЫЕ БУДНИ ВЬЕТНА

ТРУДОВЫ

ТРЕВОЖНЫЕ

БУ

будней

«Салют-5»: **РАБОЧИЕ БУДНИ**

«СВОБОДНЫЙ МИР».
ТРАГЕДИЯ БУДНЕЙ

ГОРОДА

ЗАКОНЫ ТВОРЧЕСТВА
И БУДНИ НАУКИ

НИ

БУДНИ НАУКИ

А КАКОВЫ БУДНИ?

БУДНИ БАМа

БУДНИ

ДНИ ИНДОНЕЗИИ

Звездные час
и будни наук

Стремление как можно полнее удовлетворить самые разнообразные духовные запросы личности определяет деятельность Дворца культуры имени С. П. Горбунова

и в будни, и в праздники

ЭКРАН
СЕГОДНЯ: **БУ**

И ПРАЗД

ЮГОСЛАВСКИЕ БУДНИ

И В БУДНИ,
И В ПРАЗДНИКИ

ДНИ
НИКИ

ВОСКРЕСНЫЕ ПРОПОВЕДИ

И БУДНИ

БУДНИ РЕФОРМЫ

ФАНТАСТИКА И БУДНИ

ВОСПИТЫВАЮТ БУДНЕЙ

ВАХТЫ

КАЖДАЯ ВАХТА— УДАРНАЯ

НАША ПЕРВОМАЙСКА

ТРУДОВАЯ ВАХТА

ВАХТА ИЖОРЦЕВ

ВАХТА

ВАХТА СУББОТНИКА

УДАРНАЯ ВАХТА ХИМИКОВ ВОСКРЕСЕНСКА

НА ВАХТЕ УДАРНОЙ

ПРЕДСЪЕЗДОВСКАЯ ВАХТА МЕТАЛЛУРГОВ

ЮБИЛЕЙНАЯ ВАХТА
МИЛЛИОНОВ

НА ВАХТЕ
УДАРНОЙ

Я ВАХТА

Вахта
ударная

ВЕСНЫ

Вахта урожая

ПЯТИЛЕТКИ

ДЕВИЗ УДАРНОЙ ВАХТЫ:
БОЛЬШЕ, ЛУЧШЕ, ДЕШЕВЛЕ!

ТРУДОВАЯ ВАХТА

На вахте
пятилетки

ОКТЯБРЬСКАЯ
ВАХТА

ЖЕЛЕЗНОДОРОЖНИКИ НА ТРУДОВОЙ ВАХТЕ

ОКТЯБРЬСКАЯ ВАХТА

НА ТРУДОВОЙ ВАХТЕ-КОМСОМОЛЬЦЫ

КАЖДЫЙ ДЕНЬ ПРЕДСЪЕЗДОВСКОЙ ВАХТЫ—УДАРНЫЙ

КАЖДЫЙ ДЕНЬ ТРУДО ВАХТЫ МОСКВИЧЕЙ—УДАР

С ВАХТЫ НА

ПОЧЕТНАЯ ВАХТА ИЛЬИЧЕВЦЕВ

Республики на вахте пятилетки

Трудовая вахта комсомольцев Нурека

СТРАНА НЕСЕТ ТРУДОВУЮ ВАХТУ

НА ТРУДОВОЙ ВАХТЕ

Почетная вахта ильичевцев

Вахта ветерана

ТРУДОВАЯ ВАХТА МЕТАЛЛУРГОВ

МОСКВИЧИ НА УДАРНОЙ ВАХТЕ В ЧЕСТЬ ВЕЛИКОГО ОКТЯБРЯ

ЮНОСТЬ НА ВАХТЕ УРОЖАЯ

ВОЙ РНЫЙ!

НА ВАХТЕ УДАРНОЙ

ВАХТУ

УДАРНАЯ ВАХТА ГЕРОЯ

ПИЛОТИРУЕМАЯ ОРБИТАЛЬНАЯ СТАНЦИЯ «САЛЮТ-4» ПРОДОЛЖАЕТ СВОЮ НАУЧНУЮ ВАХТУ!

В А Х Т А НАД ОБЛАКАМИ

НА ВАХТЕ ТРУДОВОЙ

● Москвичи на ударной вахте в честь 59-й годовщины Великого Октября

ХЛЕБОРОБЫ ЦЕЛИНЫ НА ВАХТЕ

НА ТРУДОВОЙ В А Х Т Е

17 АПРЕЛЯ — КРАСНАЯ СУББОТА

НА ВАХ

В А Х Т А УДАРНАЯ

О ТЕХ, КТО НЕС ПРАЗДНИЧНУЮ ТРУДОВУЮ ВАХТУ

НА

На вахте Октября

РИТМЫ УДАРНОЙ ВАХТЫ

Вахта братьев

ОКТЯБРЬСКАЯ ВАХТА КОМСОМОЛА

На вахте ударной

РЕСПУБЛИКИ НА ВАХТЕ ПЯТИЛЕТКИ

Ударная вахта москвичей в честь Великого Октября приносит новые победы в труде

НА ВАХТЕ УДАРНОЙ

ВАХТА В ЗВЁЗДНОМ ДОМЕ НАЧАЛАСЬ!

ВАХТА НАЗЫВАЕТ ИМЕНА

МИЛЛИОНЫ ВЫХОДЯТ

ТУ УДАРНОГО ТРУДА

ВАХТЕ ПРАЗДНИЧНОЙ

УДАРНАЯ ВАХТА ШОФЕРОВ

МОСКВИЧИ НА ВАХТЕ В ЧЕСТЬ ВЕЛИКОГО ОКТЯБРЯ

ЗИМНЯЯ ВАХТА НА ФЕРМАХ

На вахте

БЕССМЕННАЯ ВАХТА

ЗАВЕРШАЯ ВАХТУ ЯНВАРСКУЮ

Советская научная станция «Муссон» заступила на вахту в р

УДАРНО ЗАВЕРШИТЬ ЮБИЛЕЙН

ТРУДОВАЯ ВАХТА В ЧЕСТЬ ПЕРВОМАЯ

РИТИ ЮБИЛЕЙНОЙ ВА

ЮБИЛЕЙНОЙ ВАХТЕ— УДАРНЫЙ ФИНИШ!

ТРУДОВАЯ ВАХТА В ЧЕСТЬ ЮБИЛЕЯ

УДАРНАЯ ВАХТА

айоне Северной Атлантики

УЮ ВАХТУ!

УДАРНАЯ ВАХТА МОСКВИЧЕЙ

ВАХТА НА ОРБИТЕ

Хроника
юбилейной
вахты

ХТЫ

ЗИМНЯЯ ВАХТА ЖИВОТНОВОДОВ

ВАХТА КАНДИДАТА В ДЕПУТАТЫ

УДАРНАЯ

ЮБИЛЕЙНОЙ ВАХТЕ — УДАРНЫЙ ФИНИШ!

КАЖД

ВАХ

НА ПОЧЕТНОЙ ВАХТЕ

УДАР

Герои

ЮБИ

ударной вахты *Вахта в Атлантике*

ВАХТА—ЛЕНИНСКАЯ, РИТМ—УДАРНЫЙ

НА

КОСМИЧЕСКАЯ ВАХТА ПРОДОЛЖАЕТСЯ

МИЛЛИО

НА ЛЕНИ

На вахту, капитаны!

Вахта мужества

ВАХТА ПРОДОЛЖАЕТСЯ

ЫЙ ДЕНЬ ЮБИЛЕЙНОЙ

ТЫ—УДАРНЫЙ

РНО ЗАВЕРШИТЬ

ЛЕЙНУЮ ВАХТУ!

УЗБЕКИСТАН

ЮБИЛЕЙНОЙ ВАХТЕ

НЫ ВЫХОДЯТ

НСКУЮ ВАХТУ

Ударная вахта кулинаров | ГОРЯЧАЯ ВАХТА

ВЕЧНАЯ ВАХТА ПАМЯТИ

Вахта девятого шлюза

РУБЕЖ ВЗЯТ — ВАХТА ИДЕТ

НАЧАЛАСЬ 39-я НЕДЕЛЯ ТРУДО В ЧЕСТЬ 60-летия ОБРАЗОВ

ВАХТА В ЛУГА

...НА ВАХТЕ ТРУДОВО

НА УДАРНОЙ ВАХТ КРАСНОЗНАМЕННЫЙ КУЙБЫ

НА УДАРНОЙ ВАХТЕ

УДАРНАЯ ВАХТА МИЛЛИОНОВ

«ВИТЯЗЬ» СДАЕТ ВАХТУ

УДАРНАЯ ВАХТА ДЕКАБРЯ

ВЕСЕННЯЯ ВАХТА
ЗЕМЛЕДЕЛЬЦЕВ

ВОЙ ВАХТЫ
АНИЯ СССР

Х

ОЙ

ГЕ—

ШЕВ

Космическая вахта филателии

Плюсы и минусы вахты

Корчагинская вахта на АЭС

Чернобыль: вахту несут ученые

ВАХТА В ПЕРСИДСКОМ ЗАЛИВЕ

Другие книги Славы Бродского

Бредовый суп

Повесть в рассказах

Лимбус Пресс, Санкт-Петербург, Москва, 2004 – 288 с.
ISBN: 5-8370-0090-9

Повесть о математике Илье, эмигранте из России, живущем в Америке. Ему снятся сны о том, что когда-то происходило с ним в его прежней жизни. А те сны, которые ему снились когда-то давным-давно, оказались близки к его реальной жизни в Америке. Название повести взято из высказывания Ильи о ситуации в советской России: «… все было полным бредом. Люди в бредовых одеждах сидели в бредовых комнатах на бредовых стульях и бредовыми ложками ели бредовый суп».

Смешные детские рассказы

Записки двенадцатилетнего мальчика

Manhattan Academia, 2007 – 144 с.
ISBN: 978-0-615-16120-4

Сборник коротких детских рассказов о событиях, происходивших в Москве в середине пятидесятых годов прошлого века, через десять лет после окончания второй мировой войны. Рассказы могут быть интересны как детям, так и взрослым. Дети найдут в книге много по-настоящему смешных эпизодов и смогут посмотреть на столицу России середины двадцатого века глазами двенадцатилетнего мальчика. Взрослые будут иметь возможность посмотреть на те же события своими глазами и тоже посмеяться, а может быть, и погрустить.

Исторические анекдоты

Пособие по истории советской России

Manhattan Academia, 2007 – 156 с.
ISBN: 978-0-615-18503-3

Исторические анекдоты автора с его собственными комментариями. Анекдоты написаны в помощь тем, кто изучает историю большевицкой России, и имеют своей целью поколебать нерушимую веру значительной части людей нашей планеты в социалистические идеи всяких сортов. Книга содержит предисловие-эссе о десяти мифах советской России, живучесть которых стала, по-видимому, одной из причин того, что социалистические идеи не были дискредитированы в глазах большинства людей после провала социалистического эксперимента в России.

Релятивистская концепция языка

Научно-литературная композиция

Manhattan Academia, 2007 – 120 с.
ISBN: 978-0-615-18454-8

Описание новейшей лингвистической концепции релятивизма, включающей положения об относительности различных процессов, связанных с языком человека, и ограниченности взаимопонимания между людьми. В приложениях показано отношение концепции к литературе и другим областям человеческой деятельности. Приводятся примеры, касающиеся норм литературного языка, научных и судебных споров, присуждения премий по литературе и создания прозаических и поэтических переводов.

Большая кулинарная книга развитого социализма

Для гурманов и простых людей Москвы и Ленинграда

Manhattan Academia, 2010 – 84 с.
ISBN: 978-1-936581-00-9

Кулинарные рецепты и советы для жителей двух городов советской России – Москвы и Ленинграда. Собрание рецептов относится к двум фазам общественного устройства страны – развитого социализма и коммунизма, – которые закончились в начале девяностых годов прошедшего столетия. Книга, однако, остается полезной для многих, кто живет в России сейчас. Она может оказаться ценной и для жителей регионов мира с похожим укладом жизни. Книга также должна представить несомненный интерес для тех, кто изучает проблемы социализма и коммунизма, и особый интерес – для тех, кто никогда над такими проблемами не задумывался.

Московский бридж. Начало

Manhattan Academia, 2014 – 176 с.
ISBN: 978-1-936581-06-1

Воспоминания автора о первых шагах спортивного бриджа в советской России конца 60-х – конца 70-х годов двадцатого столетия. О первых поединках московских команд по бриджу и о ведущих игроках московского бриджа тех лет. О московских турнирах тех времен и о выступлениях москвичей на всесоюзных состязаниях по бриджу. О той атмосфере, которая окружала бридж в период тоталитарного коммунистического режима в стране. И о романтике бриджа – самой интеллектуальной игры, когда-либо изобретенной человеком и вовлекшей в свою орбиту двести миллионов игроков по всему миру.

Арт-каталог

В пространстве двух с половиной измерений

Manhattan Academia, 2016 – 120 с.
ISBN: 978-1-936581-03-0

Каталог арт-работ автора. Содержит обширное предисловие и четыре раздела. Главный раздел – «Керамика» – включает все основные керамические творения автора, начиная с ранних работ 1997 года и кончая последними работами. В раздел «Живопись» входят картины двух периодов: российского и американского. Раздел «Коллажи» представляет серию работ под общим названием "Single Malt Art"; каждый коллаж имеет свой так называемый «параллельный сюжет». В последнем разделе представлена небольшая серия чайников, выполненных автором в металле.

Красный зигзаг

Записки кооператора

Manhattan Academia, 2017 – 204 с.
ISBN: 978-1-936581-09-2

Воспоминания автора, в которых центральное место занимает история частного пчеловодного товарищества, возглавляемого молодыми московскими научными работниками. Действие происходит в Москве и в глубинке Воронежской и Саратовской областей в конце семидесятых – начале девяностых годов прошедшего столетия на фоне драматических событий, разворачивающихся в это время в Советской России.

С первого взгляда

Двадцать семь коротких рассказов

Manhattan Academia, 2019 – 148 с.
ISBN: 978-1-936581-20-7

Серия коротких рассказов в трех частях. Часть первая: Брачный контракт, Туся, Шутка, Сынишка, На всю жизнь, Этика стука, Зинаида Сергеевна, Стройотряд, Трефовый валет. Часть вторая: Бусы на день рождения, Аня Соколовская, Покер Маяковского, Мыши, Красновидово, Мягкий вагон, Филадельфия, Мальчик, Дура. Третья часть: Банальная история, Магнат, Грустные проводы, С первого взгляда, В Гурзуфе, «Акт ненападенья», Дочь генерала, Вика, Знаменитость.

www.ingramcontent.com/pod-product-compliance
Lightning Source LLC
Chambersburg PA
CBHW050915120626
46552CB00004B/1588